101歳で亡くなるまで母を介護した27年間

私の「医学的」介護

押田賢二
Kenji Oshida

毎日新聞出版

私の「医学的」介護

――101歳で亡くなるまで母を介護した27年間――

健康だった母が認知症になったのは、母が74歳のときでした。あるとき、認知症に関する小冊子で認知症発病後の寿命が短いことを知ったときは、愕然としました。

働き者だった母は、家事はもちろん、身の回りのこともできなくなり、あらゆる面で介護が必要になりました。

当時、両親と私の三人家族でしたが、介護保険制度ができる前で、私がすべての介護にあたりました。

排尿もパンツを履いたままするので、外出時など、私は女子トイレに母と一緒に入り、パンツを下げてあげたこともありました。（意外と騒がれませんでした）

また、それまで社交的だった母が急に人を避けるようになったので、私は母の友人の家へ行って、母と会って話をしてくださいと頼んだこともありました。

そんなある日、母の別の友人が突然来訪したときなど、母が「息子がよくやってくれるんですよ」と話しているのを聞いたときは、うれしかったです。

その後母は、あくびがもとでアゴがはずれ、それも深夜、トイレから出てくるとアゴがはずれているので、私は深夜まで寝ないで母がトイレへ行くのを監視していました。

そしてアゴがはずれていると、そのたびに真冬の深夜、タクシーで病院へ連れて行きました。

治療といっても手で整復するので、母の叫び声を聞くたびに、かわいそうでなりませんでした。

医師の指示によりアゴの固定帯をつけてもはずしてしまうので、その上から包帯を、目、鼻、口以外をグルグル巻きにしました。

さらに、ミトン型の抑制用手袋をつけるなどしましたが、それでもアゴが8回もはずれ、がく関節脱臼（正式病名）はクセになるということを知りました。

これがもとで食べ物がうまく飲み込めなくなり、両方のほおが食べ物でふくれあがって、食事に2時間もかかる有り様でした。

食べ物にトロ味をつけるなどの工夫をしましたが、誤えん性肺炎で入院しました。

入院すると、私は母の過去の医療データを時系列にファイルしたものを医師に見せると非常に喜ばれました。

入院してから1ヵ月半後の退院のとき、医師から介護施設への入所を二度勧められましたが、いずれも断りました。人に任せたくなかったからです。

その後、入退院を繰り返し、認知症が次第に進行するとともに寝たきりになりました。

母は口からの食事は禁止されていたので、栄養は細い血管への点滴で摂っていましたが、高いカロリーの栄養液を入れると血管炎になることがあるので、心臓近くの太い血管に入れる中心静脈栄養という方法に代えることになりました。

心臓近くの太い血管に入れるために、医師が病室のベッドの上で長い針を鎖骨の下あたりに刺すのですが、なかなかうまくいかず、何度も刺しているのを見ていると恐ろしくなりました。

新聞では、ときどき誤って動脈に刺し、患者が死亡したという記事を見かけますが、やはり危険な医療行為だったのだと後で感じました。幸い母の場合は無事に終了しました。

なお、この中心静脈栄養という方法は、血管の中に細い管を入れたままにするので感染しやすく、母も何度か発熱しました。

また、この方法は腸の中を栄養物が通過しないため免疫力が落ちるという欠点があるため、数週間後には医師から胃ろうを勧められました。

ところが、手術の数日前に、医師から腸ろうに変更すると言われました。

その理由は、胃ろうでは、また誤えん性肺炎になりやすいということでした。

医師の説明によると、腸ろうの仕組みは、手術で皮膚から小腸に通じるトンネルを造り、その中に30センチほどの長さの細い管を入れたままにします。

そしてその細い管と栄養液の入ったボトルから延びた細い管とを接続し、点滴で小腸に注入するというものでした。

この方法の欠点は下痢をしやすいということですが、自宅では点滴の速度を遅くすることで防げました。

また、体内に入ったままの細い管は劣化してくるので、1年に1回病院で交換してもらっていました。

この腸ろうは亡くなるまでの23年間続けることができました。

医師の話ではこれだけ長期間、経腸栄養を続けたのは日本では過去に例がなく、記録的なことだと言っていました。

この方法を選択した医師に感謝しています。

こうしたことから常時、介護が必要になったので、私は51歳のとき勤務先を退職しました。

母が退院するとき、看護師から腸ろうの扱い方について説明を受けましたが、実際に自宅で行おうとすると疑問だらけでした。

家庭医学書を開いても書いてありません。そこで医師や看護師向けの専門書を買い集めて読んでみました。

専門用語だらけですが何冊も読んでいるうちに、次第に理解できるようになりました。

これがきっかけで専門書を買い集め、現在数十冊になっています。

医師は個性が強いので、いろいろな考え方を知りたかったからです。

そして分からないことがあるとすぐに専門書を開き調べるようになりました。

一方、自宅では、まずオムツ交換と着替えをしなければなりませんが、母が寝たきりになる前、私は将来、寝たきりになるかもしれないと思って各種の介護教室で実習を受けていたので、スムーズにできました。

そして誤えん性肺炎を防ぐにはどうしたらよいか専門書を読むと、高齢者は胃と食道の境の筋肉がゆるむため胃液が逆流し、それがのどのところでUターンして気管に入り、誤えん性肺炎を起こすことがあることを知りました。

これを防ぐためにベッドの頭側を20度くらい起こし、さらにアゴを引くようにするとよいということでした。

さらに、この体位は心臓の負担を減らすので慢性心不全の患者などはこの体位にするそうです。

一石二鳥なので、自宅ではいつもこの体位にしていました。

また、自分の唾液でも誤えんすることがあります。

母は口からの食事は禁止されていましたが、自分の唾液で何度も誤えん性肺炎になりました。

唾液自体に細菌は含まれていませんが、口の中やのどの奥の細菌と一緒に肺に入るためです。

そこで、口の中を清潔にするため、棒の先に小さいスポンジのついた介護用品のスポンジの部分を、水で薄めたうがい薬に浸して1日に1回、口の中をふいてあげました。

また、母はいつもタンのからんだせきをするので、医師に相談して家庭用の吸引器を購入し、その使い方を看護師から教わりました。

事前に専門書で使い方を覚えていたのでスムーズにできました。

その使い方は、細い管を鼻の片側から30センチほど入れて、タンを吸い取るのですが、鼻の粘膜に吸いつけて出血させないよう、細い管の先端を指で回転させるのがコツでした。

タンを吸い取ると、アワのようなものも一緒に出てきましたが、このアワこそ唾液であることが後で分かりました。

つまり、唾液を誤えんしていた証拠です。

この吸引は、多いときは30分から1時間おきに毎日行いました。

母はタンがたまると「ウーン」とうなり声をあげるので、深夜でも飛び起きて吸引しました。

このおかげで私の腕も上達し、母が入院したときなど、看護師がタンが取れずに難渋していると、私が買って出てタンを取ってあげて看護師を驚かせたこともありました。

これらのおかげで誤えん性肺炎による入院は、ほとんどなくなりました。

ところで、専門書によると人間の体はもともと誤えんしやすい構造になっているようです。

つまり、のどの奥で飲食物と空気の通り道が分かれる構造になっているためです。

首の後の方が食道で、胃につながっています。

首の前の方が気管で、それが何度も枝分かれしたものが気管支で、その先は肺胞という無数の非常に小さな袋で、その周りを囲っている毛細血管に酸素を取り込むと同時に不要になった二酸化炭素を受け取って、息とともに排出しています。

飲食物などが気管に入らないように気管の入り口にはふたがついていて、飲食物などが近づくとふたが閉まる仕組みになっています。

飲食物を飲み込むと息が止まるのはこのためです。

普段、呼吸をしているときは、このふたが開いたままになっていて、そのすぐ下には声帯があります。

しかし、このふたは認知症や脳梗塞になると閉まるのが遅れることがあります。

かりに、飲食物が気管に入ってもそれを出そうとしてむせますが、高齢者では、むせる力が弱いため、なかなか出せないことがあります。

さらに進行すると、気管や気管支の感覚が低下して、誤えんしていてもむせないことがあります。

母も、まったくむせなくても誤えん性肺炎になりました。

それでも気管や気管支の内側からは常に粘液が出ていて、異物が入るとそれを包んで、その下に生えている細かい毛の動きによって口の方へと、ちょうどベルトコンベアのように運び出す仕組みになっています。

この粘液こそ、タンで異物が入ると刺激を受けて量が増えます。

最後の防衛線である免疫細胞（白血球）の力が及ばないと肺炎になります。

ところで、母のように寝たきりの患者に起きやすい病気は床ずれ（じょくそう）で、特にお尻など圧迫が続くと血流が悪くなって起きます。初めは赤くなる程度ですが、進行するとただれ、そして穴が開いたり、化膿することもあります。

そこが感染すると発熱し、死亡することもある恐ろしい病気です。その予防のためにエアマットを使用しましたが、その効果は抜群でした。

ベッドの頭側を上げると、体がずり落ちてお尻に床ずれができやすいので、太ももの下に座布団を二つ折りにしたものを2枚並べてずり落ちを防ぎました。

また、通常、私たちは睡眠中、無意識に寝返りをうっているので床ずれになりませんが、母は寝返りをうてないので、体位変換用マットを使用しました。

このマットは体の左または右の傾きを30度という適切な角度に保たれるようになっています。このマットを2~3時間おきに左右交互に体の下に入れ替えるだけでした。

そのほか、たんぱく質が不足すると床ずれができやすいので、豆乳を注入しました。

たまにお尻が赤くなると亜鉛華軟膏を塗るとよくなりました。

この薬は副作用もなく、皮膚炎、白せんや皮膚のただれなど使い途の広い薬で、母も床ずれ予防のためお尻のほか、腸ろうの出口のただれに毎日塗っていました。

なお、塗り薬も毛穴を通してわずかですが体内に吸収されるので、ステロイドなど強い薬は避けるようにしていました。

これらのおかげで亡くなるまでの23年間、一度も床ずれになりませんでした。

また、寝たきりになるとまれに肺塞栓（エコノミークラス症候群）になることがあるので、その予防のため弾性ストッキングを着用させ、ふくらはぎを心臓に向けてマッサージをしたり、足先を上げて血流を良くするようにしました。

また、母は開腹手術を受けていたので、便秘による腸閉塞を防ぐため、「水酸化マグネシウム」という弱い下剤を水で薄めて使いました。

この薬は用量を厳重に守っていれば副作用もなく、逆にマグネシウムの効果として血圧を下げるなど循環器病の予防になることはよく知られていることです。

この薬は、ほかの下剤と異なり、長期間使っても効かなくなるということがありません。さらに、食物繊維の粉末も使いましたが、それでも効かない場合は、便秘用の座薬を使いました。

一般に浣腸が使われますが、まれに副作用が出たり、次第に効かなくなるということがありますが、この座薬にはそのようなことがありません。

ところで、自宅で介護を始めてから1年後、医師から極度の貧血になっているが、原因が分からないと言われました。

そこで専門書を読むと、栄養液を注入している間に、腸ろうの出口から腸液などが漏れるために体内の銅が低下して貧血になることが分かりました。

血液検査をしてもらったところ、血清銅が基準値の半分しかありませんでした。

使っている栄養液の成分を調べると銅がゼロなので、医師にお願いして銅を含んだ栄養液に替えてもらいました。

また、食品の中で銅が多いのはピュアココアなので、熱した後、十分に冷ましてから栄養液の後に注入しました。

なお、ココア自体は植物ですが、その脂肪は動物性なので摂り過ぎないよう注意して使いました。

また、栄養液を薄めるための容器も銅製に替えるなど、銅の吸収に努めました。

こうして数ヵ月後には見事に貧血は治りました。

ところが8年後に再び貧血になり、前よりも重度でした。

医師から輸血するしかないと言われましたが、輸血には感染など多数の副作用があるので、いろいろと考えた末に、その頃使っていたサプリメントに含まれる亜鉛が原因ではないかと気がつきました。

亜鉛が多いと銅の吸収を妨害し、その結果、貧血になることがあるからです。

医師から預かった紹介状を持って病院へ行き、過去のことからすべて話すと、医師（内科部長）は「感動しました。こちらが教えてもらったのですから医療費は払わなくてもよいです」と言ったので、驚きました。

その後、サプリメントをやめ豆乳に替えたら数ヵ月後、医師が「この歳でこんなに早く貧血が治ったのは初めてだ」と言うくらいに順調に回復しました。

おかげで輸血を受けずに済みました。

ところで、母の薬は「ビオフェルミンR」と「タウリン散」（有名なタウリンで、心臓や肝臓の薬でもあります）と前述の「水酸化マグネシウム」だけでした。

他の薬についても薬の専門書で副作用の一番少ない薬を選び、用量も高齢者は腎臓の濾過の能力が衰えているために血中の薬の濃度が高くなりがちなので、通常の3分の2か2分の1にしてもらうよう医師にお願いすると、すぐに了承されました。

薬は、細い管を通すので、できるだけ粉薬にしてもらいましたが、錠剤の場合は55度のお湯で溶かし、十分冷ましてから針のついていない注射器で吸い上げ、栄養液の後に注入しました。

最後に少量の水を注入して細い管が詰まらないようにしました。

ところで、介護は洗濯と入浴以外はすべて私が行っていましたが、その1日のスケジュールは深夜2時半に起きて点滴を開始し、2~3時間かけて終了すると、ガーゼ交換、オムツ交換、着替えを行いました。

ガーゼ交換では前述のように腸ろうの出口から腸液などが漏れて赤くただれるので亜鉛華軟膏を塗っていました。

これらを1日に3回繰り返すというまったく同じパターンでした。

なお、1日に1回父と私で母を抱えてイスに30分くらい座らせ、血流を良くするようにしました。

こうしてすべての介護が終わり、私が寝るのは夜8時頃でした。

充実感があり寝るときには「アー、よくやった」と声に出してから、吐く息をできるだけ長くする腹式呼吸を10回と「手と足が温かーい」と自己暗示を10回繰り返すと、グッスリ眠れ、不眠とは無縁でした。

そのほかに毎日、昼寝を30分ほどしました。

食事は、私は料理ができないので通販の栄養液（1個400キロカロリー）を1日3回飲んでいました。

こうして母の介護をしていたら今度は父が認知症になりました。

父が87歳のときです。

認知症の中でも母のは、よくあるアルツハイマー型でしたが、父のはレビー小体型といって幻覚（幻視）があるので困りました。

「火が出ている」とか、「親戚の人が窓から入ってきた」とか枚挙にいとまがありません。

また、何度も「自分の家へ帰る」と言って荷物をまとめたりしました。

認知症の人と接するときは、頭から否定しないで、よく話を聞いてあげることが大事だと言われますが、いくら説得しても無駄でした。

特に困るのは、深夜、大声を出すので私も目が覚めることが何度もありました。

こうしたことは父が悪いのではなく病気のせいだと分かっていても、当時私も二人の介護でイライラしていたので、大声で怒鳴ることもよくありました。


そのうちに父もオムツを使うようになり、私も限界を感じたので特別養護老人ホーム（特養）への入所を考えました。

父にこの話をすると、強く手を横に振りました。

私も特養での健康管理には不安があったので迷っていました。

しかし、母は介護保険の認定上、要介護5という最も重い状態だし、父も要介護4になっていました。そんな二人を、これから先、一人で介護していったら三人が共倒れになるかもしれないと考え、断腸の思いで特養へ申し込みました。

申し込んだ日の夜、これで父は二度と家へ帰れないのかとか、二度と母に会えないのかと考えると、ふとんの中で涙が止まりませんでした。

そして入所の当日、父には入所することは一言も言わないで車に乗せましたが、車中、父は終始無言でした。

入所の翌日、私が特養へ行ったところ、父は食堂で車イスに乗ってポツンと一人だけでうつむいていたので「おとうさん、賢二だよ」と言うと父は無言で、私は胸がいっぱいで、それ以上言葉が出ませんでした。

その後、私は1日おきに片道30分徒歩で特養を訪問して父と面会しました。

そうしたある日の昼、私が訪問すると父は眠っていましたが、特養の職員が入室して「押田さん、お昼ですよ」と言って缶入りの栄養液を手渡しました。

すると、父は目が覚めた直後なので栄養液を飲むと激しくむせました。それを見て私は職員に「目が覚めた直後に飲ませたら誤えん性肺炎になりますよ」と注意しました。

案の定、しばらくすると父は誤えん性肺炎で入院しました。

父はそれまで20年間入院したことがなかっただけに、特養入所後2ヵ月でこのようなことになり腹立たしい思いがしました。

特養では父に立ちくらみの症状があるので、できるだけ起こさないよう寝たきりにさせていたとのことですが、かえって体を弱くした一因だと思いました。自宅ではいつもイスに座らせていました。

退院後、父は特養に戻りましたが、その1ヵ月後のある日、私が訪問すると、父がグッタリしているのに気づき救急車で病院へ搬送したところ、医師から重度の脱水と誤えん性肺炎で命の危険があると言われました。

4日間意識不明の状態が続いた後、意識が戻りました。

しかし、口からの食事は禁止されていたので、初めは鼻から細い管を胃の中に入れて、そこに栄養液を点滴で入れるという方法を採りましたが、父はその細い管をはずしてしまうので医師から胃ろうを勧められました。

　胃ろうは、胃の内容物が逆流してよく誤えん性肺炎になることがあるのを私は知っていたので、良い方法はないかと医学の専門書を調べていたところ、栄養液ではなくヨーグルトのようなドロッとした栄養物を注入すると、誤えん性肺炎を防げるだけでなく胃ろうの出口からの漏れによる皮膚炎も防げることを知りました。

　ただし、胃ろうの出口の接続部がチューブ型でなければならないという制約がありました。

　そこで医師にこの方法をお願いしたところ、「当院では昔からボタン型でチューブ型は難しい」と言われました。

　しかし、再度医師にお願いしたところ、しぶしぶ引き受けてもらえました。

内視鏡による手術は成功し、その病院では初めての栄養摂取の方法になりました。

間もなく退院しましたが、特養へは二度と預けたくないという強い思いがあったので自宅で介護することにしました。

胃ろうからの栄養摂取も順調で軌道に乗ってきたある日、パルスオキシメータという指の先にはさんで血中の酸素濃度を測る器具で測ったところ90%という低い数値でした。

そこで医師に電話したところ、しばらく様子を見なさいという指示でした。

ところが、夕方から呼吸と脈が速くなり、翌日の朝、父ののどの奥でガラガラというタンの音がしたので見ると、口を開けたまま息が止まっていました。

脈をとると止まっているので救急車を呼びました。

救急隊は心臓マッサージ（胸骨圧迫）をしながらＡＥＤを装着しましたが、心臓が完全に止まっているためまったく役に立ちませんでした。

病院に着くと医師から、これ以上医療を続けますかと聞かれたので、できるだけのことをしてあげてくださいと答えました。

その後、長時間に及ぶ懸命の心臓マッサージのかいもなく深夜に亡くなりました。享年93歳でした。

特養に入所してから6ヵ月後のことでした。

医師からはタンによる窒息死の可能性を示唆されました。

自宅では父もタンが出るので私が吸引していましたが、細い管を鼻の中に入れようとすると、母はジーッとしていましたが、父は手で強く横に振り払って拒否するので、吸引が十分ではありませんでした。

突然のことなので信じられませんでした。

振り返ると亡くなる1週間ほど前、オムツ交換をしているときに急に手を合わせ「皆さん、どうもありがとうございました」と死期を予感したようなことを言ったのでビックリしたことがありました。

供養のためお経をあげていると涙が止まりませんでした。


父が亡くなった2年後のある日、母がいつになく苦しそうな表情をするので救急車を呼び病院へ搬送しました。

検査の結果、急性胆管炎ですぐに治療をしないと命の危険があると言われました。

治療の方法はドレナージといって腹部に長い針を胆のうに刺して膿を出すというものでした。

超音波で見ながら局所麻酔で行うから大丈夫だと医師から言われましたが心配でした。

母もこれを察知したのか、病室から処置室へ運ばれる間、付き添いのヘルパーが「不安そうですね」と言うほどはっきりと不安な表情をしているのが分かりました。

処置室へ着くと、私は看護師に頼んで処置をする医師を呼び出してもらい、手を合わせて慎重にやってくださいとお願いしました。

処置は無事に終わり、その後、腹部に細い管を入れたままにすると、そこから黒い液が排出されてきました。

私が研修医に「胆汁っていつもこんなに黒いんですか」と聞くと研修医は「こんなもんですよ」と答えました。

その後、抗菌薬によって回復すると黒い液が黄色い液に変わりました。主治医に聞くと胆汁の色は黄色いのが正常で、黒いのは異常だと言われ、研修医は知ったかぶりをしたのだと分かりました。

その後、主治医から画像で総胆管に胆石が詰まっている状態を見せられ、これを取り除くには内視鏡を入れるしかないが、母は長期間、口から食べていないので、胃や食道の壁が薄くなっているため内視鏡を入れると穴を開ける可能性があるがどうするかと言われました。

そばにいた内視鏡担当の医師からはイチかバチかでやってみましょうと言われましたが、とんでもないと思いました。

主治医に内視鏡を入れてから抜くまで、どれくらいの時間がかかるのか聞くと、少なくとも1時間くらいかかるという話でした。

私は数日考えた末に、内視鏡によるリスクのほかに、高齢の母に苦しい思いをさせたくないという考えもあり、内視鏡による治療を断りました。結局、胆石を残したまま退院しました。

その2年後のある日、尿の色が前回の急性胆管炎と同様に濃いのに気づき救急搬送したところ、前回より重症の急性胆管炎でした。

母のベッドの近くにある表示板で、ときどき血圧がストーンと下がるのが分かりました。

通常は腕にカフを巻いて測る間接法ですが、この場合は動脈の中に細い管を入れて測る直接法なので、血圧の動きが常時分かりました。

これは敗血症といって、血液の中に細菌が入ったことによるショックで、非常に危険な状態だと医師から言われました。

私は前回、母がドレナージで命を救われたので、同じようにできないかと医師にお願いすると、この年齢ではリスクが大きすぎて無理だと言われました。

医師から別室に呼ばれ、今晩がヤマだと言われました。

もう終わりだと覚悟し帰宅してから葬儀屋の電話番号を探したほどでした。

ところが翌朝病院へ行くと看護師から回復したと言われ、奇跡だと思いました。

敗血症は若い人でもなかなか助からないことが多いのに、当時96歳の母が助かるのは奇跡以外にないと思いました。

後で病院で使っていた抗菌薬を専門書で調べると、学会が急性胆管炎に一番有効な薬として推奨していることが分かり、医師に感謝しました。

その後、100歳を過ぎた頃、パルスオキシメータで測ると、血中の酸素濃度が低い状態が続いたので、医師にお願いして自宅で酸素吸入を始めることにしました。

昔は酸素ボンベでしたが、現在は酸素圧縮器という電気器具なので扱いに不安はありませんでした。

酸素吸入を始めるにあたって、私は専門書を5冊ほど読みました。

そこで分かったことは、酸素濃度の低い患者で二酸化炭素がたまっている場合、濃度の高い酸素を吸入させると呼吸が止まり死亡することもあるということでした。

パルスオキシメータは酸素は測れますが、二酸化炭素は測れません。

そのような場合は動脈血を採って調べる必要がありますが、自宅では難しいと思いました。

というのは、ふつう、病院で採血するのは皮膚の表面の静脈からですが、動脈はさらに深いところにあるため見えないので、勘で注射針を刺すことになり、リスクがあるからです。

母のように二酸化炭素がたまっているかどうか分からない場合は、酸素吸入の流量を0・5ℓから始めるべきだと専門書に書かれていましたが、医師の指示は1ℓでした。

それでは流量が多すぎると思ったので、医師に電話をして理由を言わず「0・5ℓで始めさせていただきます」と言うと、意外にも「分かりました」とスンナリと了承されました。

その後、母が入院したとき、二酸化炭素の量を測ると高かったので、0・5ℓは正しかったと思いました。

それからしばらく経った深夜、いつものようにタンを吸引していると細い管の中に真っ赤な血が吸い込まれてきました。

色に黒味があれば静脈血ですが、黒味がないので動脈血だと直感するとともに、動脈血であれば出血量が多くなると思いました。

2回目の出血時には、のどをガラガラさせるので窒息するかもしれないと思って、いつもの鼻ではなく口から必死に吸引を続けました。

口の中は血だらけになり、かなりの量の血が出てきました。

その翌日も、また同じように出血しました。

これまでもときどき、吸引のときに鼻の中を傷つけて出血したことがあるので、傷の部分を電気で焼いて治してもらおうと思って救急車を呼びました。

病院では耳鼻科の医師が内視鏡で鼻からのどの奥まで調べたところ、意外にも傷がないことが分かったので、今度は呼吸器内科の医師がＣＴで調べたところ、気管支拡張症と診断され、入院しました。

専門書によると気管支拡張症とは母のように唾液の誤えんなどによる炎症を繰り返すと気管支の一部が拡がって、その部分に動脈がたくさんできるために出血しやすくなる病気だと分かりました。

入院の２日後、また大量の血を吐きました。喀血です。

喀血というと結核が有名ですが、気管支拡張症ではよくあることです。

つまり、自宅での出血は喀血だったのだと分かりました。

手術で出血を止める方法もありますが、医師から母は全身麻酔に耐えられないので無理だと言われました。

残るのは、止血剤を使うしかありません。

医師からは、よく使われる止血剤を使うつもりだと言われましたが、その場で私は用意した薬の専門書を開くと重大な副作用があるので、それではなく止血剤でもあるビタミンKの薬を使ってほしいとお願いすると、すぐに了承されました。

実は、ビタミンKの薬は自宅でも処方してもらっていました。

それは以前、母の腸ろうの出口付近がただれ、そこからの出血が長期間続いたことがきっかけでした。

母の栄養状態を調べるために、23種類の各栄養素の摂取量を計算すると、ビタミンKが不足していることに気づき、これが原因だと分かりました。

ビタミンKが不足すると出血しやすくなるからです。

ビタミンKの薬のおかげで、大量喀血の後、喀血はなくなりました。

母が入院中はいつも、私は朝6時に病院に着き、12時間付き添っていました。

ある朝、私が母に声をかけると、目を細めてうれしそうな顔をしたのには感動しました。心細かったのでしょう。

退院して家に着くと、おだやかな顔になりました。

母は80歳頃から徐々に言葉が出なくなり、84歳のときに「いいわね」

と言ったのを最後にまったく言葉が出なくなり、植物状態になりました。

それでもオムツ交換のときなど母が私の手を強く握るので「お母さん、大丈夫だよ」と声をかけると手をゆるめたりしました。

話はできなくても私の声を聞き分け、ある程度理解できているようでした。

また、吸引しているときなどは「ウーン、ウン」と怒っている様子が分かりました。


退院から6ヵ月後のある日、いつものようにオムツ交換をしていると突然コーヒー色の血を吐きました。吐血です。

吐いた血がコーヒー色なのは、胃から出血すると血液が胃酸によって変色するためだということを私は知っていました。

すぐに医師に電話をすると、吐いた物が肺に入るといけないので吸引するようにとの指示でした。

私は胃潰瘍を疑いました。

胃潰瘍を疑う症状は以前からありました。

母は、以前タール便といって真っ黒な便が出たことがありました。

また、ときどき口をモグモグさせるので口の中を見ると、嘔吐であれば口の中に吐いた物が残るはずですが、そのような物は見つかりませんでした。

これは胃酸が逆流したものと思われます。

胃酸が強いときに起きる症状です。

こうしたことから胃潰瘍があると思っていました。

しかし、前述したように医師から内視鏡を入れると穴を開けるかもしれないと言われていたので、そのままにしていました。

その状況は変わらないので、吐いた物が肺に入らないよう、必死に吸引を繰り返しました。

コーヒー色のタンがたくさん出てきましたが、心配した体温は上がらず、また血中の酸素濃度にも大きな変化がありませんでした。


ところが、吐血した3日後の午後2時半頃、それまで静かで何もなかった母が突然、「ウッ」と言ったので、脈をとると止まっていました。

以前に私は蘇生法の講習会で実習を受けていたので、心臓マッサージを行いました。瞬間、母の目があくのが分かりました。

本来は、患者を固い床の上などに寝かせて行うのですが、突然なので、その余裕はなく、フワフワのベッド上で行わざるをえませんでした。救急車を呼んだところ、電話に時間がかかり、その間心臓マッサージを中断せざるをえませんでした。

蘇生法は一人では無理なことを実感しました。

救急隊が到着し、AEDを装着しても父のときと同様、役に立たず心臓マッサージを続けながら病院へ搬送しましたが、2時間後に亡くなりました。享年101歳でした。

父が亡くなってから9年後の秋の彼岸の入りの日でした。

実は母は入院中に心臓の超音波検査の結果、心臓弁膜症の一種である大動脈弁狭さく症で弁がかなり狭くなっていると指摘されていましたが、手術は無理だと言われていました。

専門書によれば、この病気は薬では治らず手術だけが唯一の治療法であり、また突然死することがあると書かれていました。

病院では死因について説明がありませんでしたが、こうしたことから急性心不全の可能性もあると思っています。


母が亡くなった瞬間、自分でも意外なほどに涙が出ませんでした。それは、最高の医療を受けさせることができ、また十分な介護ができたという満足感があったからだと思います。

戒名には生前、凛としていたので、その一字を入れてもらいました。

こうした27年間介護に専念できた一因に、私が独身で身軽だったこともあると思います。

そして何よりも私が健康だったことです。（76歳の現在に至るまで65年間入院したことがありません）

健康を与えてくれた両親をはじめ、医師、看護師、ヘルパーの皆様に感謝しております。

最後に次の言葉をお贈りいたします。

「正しい医学知識は貴重な財産」

次の「あとがき」もお読みください。

NO.

DATE 2020・8・23

	エンシュア 750ml	豆乳 250ml	イマーク S 100ml	生食 200ml	合計	1日の適量
たんぱく質 (g)	26.4	10			36.4 ✓	40〜50
ビタミン A (μg)	1,032				1,032	450〜650
D (〃)	3.8	3			6.8	5.5
E (mg)	22.5	0.3			22.8	6.0
K (μg)	52.5	10			62.5 ✓	150
C (mg)	114				114	85〜100
B_1 (〃)	1.1	0.1			1.2	0.8〜0.9
B_2 (〃)	1.3	0.1			1.4	0.9〜1.1
B_6 (〃)	1.5	0.2			1.7	1.0〜1.2
B_{12} (μg)	4.5				4.5	2.0〜2.4
葉酸 (〃)	150	70			220	200〜240
ナイアシン (mg)	15	1.3			16.3	8〜10
パントテン酸 (〃)	3.8	0.7			4.5 ✓	5
ビオチン (μg)	114	9.8			123.8	50
ナトリウム (mg)	600	231.3	65	708	1,604.3	1,200〜1,500
カリウム (〃)	1,110	465			1,575 ✓	2,000〜2,600
カルシウム (〃)	390	142.5			532.6	500〜600
リン (〃)	390	122.5			512.5 ✓	800
マグネシウム (〃)	150	58.8			208.8 ✓	220〜270
マンガン (〃)	1.5	0.6			2.1 ✓	3.5
銅 (〃)	0.8	0.3			1.1	0.6〜0.7
亜鉛 (〃)	11.3	0.8			12.1	6〜7
鉄 (〃)	6.8	3			9.8	5.0〜6.0
カロリー (Kcal)	750	135	26		911	

KOKUYO

2020 年 8 月 23 日の栄養成分表

あとがき

　このような介護体験記を本にして出そうと考えたのは介護中のことでした。

　それは私の介護体験から得たノウハウを現在介護されている方のお役に立てればとの思いからでした。

　また、周りからも勧められていました。

　しかし、介護中は介護がおろそかになるといけないと思って執筆しませんでした。

　介護中は、ノートに母の体温、脈拍、便通など体調を毎日記録していました。

母が亡くなった後の1年半は介護の反動から執筆もせず読書三昧でしたが、1年半が経ったある日、テレビで放送大学の看護学の講義を見ていたら、無性に懐かしくなって執筆を思い立ちました。

本文でも述べたように、皆様にぜひ、医学の専門書を全部でなくても自分や家族の気になる病気のところだけ、つまみ読みすることをお勧めします。

難しいと尻込みするかもしれませんが、専門用語が出てきてもそこでやめないでそのまま読み続けると前後の関係から意味が理解できることがあります。

また、基礎医学といわれる解剖学、生理学の本を読むと、体のしくみが分かり、さらに理解が深まります。

最初は、どの本を選んだらよいのか迷うと思いますが、まず「医学書総目録」という本が大きい書店なら医学書売場に無料で置いてあるので、それを備えることです。

目録の中からできるだけ専門の学会が出しているガイドラインや、日本医師会の生涯教育シリーズなどを選ぶことをお勧めします。

それは本文でも述べたように医師は個性が強いので、できるだけ団体が出している本のほうが平均的で正確だからです。

医学書の中でも特にお勧めしたいのが薬の専門書です。

具体的には、医学書院発行の『治療薬マニュアル』です。

この本は医師向けの薬の添付文書に基づいているので詳しく、また、毎年新薬を掲載するため更新されています。

その中でも「禁忌（使ってはいけない例）」「相互（ほかの薬と併用してはいけない例）」「慎重」「注意」「副作用（重大な例）」の項目は必読です。

多くの人は、食材についてはあれが良い、これが良いと厳しく選択しているのに、同じ体内に入れる薬については疑いなく飲んでいるのではないでしょうか。

そのために副作用が出ると、それに対する薬をまた処方してもらうというように薬の種類が増え蟻地獄に陥っているのが実情ではないでしょうか。

この本を読めば、同じ効果のある薬は何種類かあるので、その中から副作用の少ない薬を見つけ、医師にお願いすることもできますし、現に私はそうしています。

なお、医学の専門書は高価なので尻込みするかと思いますが、公立の図書館で借りればよいのです。

私も初めは購入していましたが、途中から公立の図書館で借りるようにしています。

公立の図書館はお互いに連携しているので、近くの図書館になくても取り寄せてくれます。

また、私の利用している図書館は本の消毒機を置いているので安心です。

ところで、私の場合、医学の専門書を読むことによって病院へ行くまでもないということがよくありました。

おかげで無駄な検査、無駄な費用、無駄な時間を避けることができるようになりました。

元聖路加国際病院名誉院長で、文化勲章を受章され、105歳で亡くなられた日野原重明先生が生前、「患者はすぐに医者に頼るのでなく、もっと医学の勉強をすべきだ」と言われていたのを思い出します。

最後に私にとってこのような出版は初めての経験でしたが、適切に支援していただいた毎日新聞出版株式会社の赤塚亮介氏に心から感謝の意を表したいと思います。

この写真は、父（26歳）と母（25歳）が結婚（1944年2月）してから4ヵ月後、父が軍隊に召集された直後に撮った記念写真です。

また、父がたすき掛けしているものは、日の丸に知人の寄せ書きをしたもので、今でも私が大事に保存しています。

〈著者略歴〉
押田 賢二（おしだ けんじ）
1946年、東京都生まれ。
中央大学法学部卒業後、民間企業の法務部門で管理職として株主総会の運営や倒産企業への債権回収などを担当。51歳のとき介護のため退職。

私《わたし》の「医学的《いがくてき》」介護《かいご》
―101歳《さい》で亡《な》くなるまで母《はは》を介護《かいご》した27年間《ねんかん》―

印　刷　2023年3月10日
発　行　2023年3月20日

著　者　押田賢二《おしだけんじ》
発行人　小島明日奈
発行所　毎日新聞出版
〒102-0074　東京都千代田区九段南1-6-17
千代田会館5階
［営業本部］　03（6265）6941
［企画編集室］　03（6265）6731

印刷・製本　精文堂印刷

ISBN978-4-620-55012-1